Les Contes de la Ferme

LE CHIEN TOUT-FOU

Heather Amery

Illustrations : Stephen Cartwright

Traduction : Lorraine Beurton-Sharp

Il y a un petit canard jaune à trouver à chaque page.

A la ferme des Pommiers.

Madame Dupré est fermière. Elle a deux enfants, Julie et Marc, et un chien, Caramel.

Jean travaille à la ferme.

Il vient d'acheter un chien de berger pour l'aider à garder les moutons. Le chien s'appelle Réglisse.

Julie, Marc et Caramel disent bonjour à Réglisse.

«Viens, Réglisse, dit Marc. Nous allons te montrer tous
les animaux de la ferme.»

4

Ils regardent d'abord les poules.

Réglisse saute dans la basse-cour et poursuit les poules.
Elles ont peur et s'envolent sur le poulailler.

«Maintenant, allons voir les vaches.»

Réglisse court dans le champ et aboie après les vaches.
Mais elles ne bougent pas et le regardent fixement.

6

Ensuite, ils regardent les cochons.

Réglisse saute dans l'enclos et chasse tous les cochons dans leur petite porcherie.

Marc gronde Réglisse.

«Viens ici, petit idiot ! Si tu n'es pas un bon chien de berger,
Jean va être obligé de te ramener.»

8

Ils vont jusqu'au champ des moutons.

«Regarde, dit Marc. Il manque un mouton.»
«Oui, c'est encore ce vilain Bouclette», dit Jean.

«Où va Réglisse ?» dit Marc.

Réglisse se sauve à travers le champ. Jean, Marc, Julie et Caramel le poursuivent.

Réglisse disparaît dans la haie.

Il aboie et aboie. «Qu'est-ce qu'il a trouvé ?» dit Marc.
Ils vont tous regarder.

Réglisse a trouvé un garçon.

Le garçon le caresse. «Bonjour, dit-il. Je me demandais qui t'avait acheté quand papa a vendu sa ferme.»

Le garçon a trouvé un mouton.

«Voilà Bouclette !», dit Marc. «Je l'ai trouvé sur la route,
dit le garçon. Je le ramenais.»

Le garçon siffle Réglisse.

Réglisse chasse Bouclette vers la barrière. Le mouton court dans le champ, avec les autres.

Jean regarde, surpris.

«Réglisse ne fait rien de ce que je lui demande», dit Jean.
«Vous ne savez pas comment siffler», dit le garçon.

Réglisse revient vers eux en courant.

«Tu dois m'apprendre à siffler Réglisse», dit Jean.
«Après tout, ce n'est pas un chien stupide», dit Marc.

©1992 Usborne Publishing Ltd, Usborne House, 83-85 Saffron Hill, Londres, Angleterre. © 1994 Usborne Publishing Ltd pour le texte français. ISBN 0 7460 1879 7.
Première publication au Canada en 1994 par Les éditions Héritage inc. ISBN 2 7625 7617 2.